애인 있어요

국립중앙도서관 출판시도서목록(CIP)

애인 있어요 / 지은이: 홍성란. -- 양평군 : 시인생각, 2013
  p. ;   cm. -- (한국대표명시선100)

ISBN 978-89-98047-55-9 03810 : ₩6000

한국 현대시[韓國 現代詩]

811.7-KDC5
895.715-DDC21   CIP2013010618

한 국 대 표
명   시   선
1   0   0

홍 성 란

애인 있어요

시인생각

　시란 살며 내쉬는 한숨 같은 건 아닐까. 사느냐고 들이마신
일 뱉어내지 않고는 견딜 수 없어 내뱉는 한숨 같은 것.
　시가 한숨이라면, 한숨을 어떻게 만들고 꾸미고 할 수 있
겠나. 시는 오래 삭여온 말이 속 깊은 데서 흘러나오는 것.
꾸며내는 게 아니라 우러나는 것. 영감靈感이라는 것도 기실
은 받아들일 준비가 되어 있는 그릇에 담길 수 있다. 영감을
담거나 이 순간의 솔직한 감정을 담거나 재치 있는 세공을
담거나 간에, 시라는 그릇은 제기祭器와도 같아서 그해 가장
탐스러운 과일을 올리듯 정갈하게 마련한 언어의 제물을 시
인이라는 사제가 신전에 받들어 올려야 하는 것이다. 버릴
것 버리고 덜어낼 것 덜어내고 3장 6구로 그려내는 우주, 그
것이 시조이고 각별한 단시조의 미학이다.
　가끔 노인들이 한숨처럼 뱉어내는 말씀은 그 자체가 시다.
어머니의 말씀도 아버지의 말씀도 문득 시로 다가오는 것이
다. 인생고해, 삶의 와중에서 앙금처럼 가라앉은 것들이 문득
북받쳐 한숨에 실려 나오는 것이다. 그 진액이 왜 아포리즘
아닐까. 그 경구는 촌철살인의 단시조가 되기도 하고, 구슬구
슬 풀려나오는 사설시조가 되기도 한다.
　사설시조야말로 우리말의 정감을 유감없이 드러낼 수 있
는 형식이다. 3장을 엮되 특별히 중장에서 말을 주고받고, 주
고받고 넘기고 메치는 대구와 호응 속에 유려한 모국어의 미
감을 한껏 드러내며 흥과 기지를 발산할 수 있다. 사설시조
는 기쁨이거나 슬픔이거나 원망이거나 간에, 다감하고 섬세

하게 한국시의 자장을 번져내는 억제(서정시) 속의 확장발화 (2음보격으로 사설을 엮어나감)라는 특별한 시조양식의 하위 장르다.

　선조들은 때로는 촌철살인의 단시조로, 때로는 흥청거리며 정감을 풀어내는 사설시조로 시조(시노래)를 향유했다. 우리 시대의 시조는 현대시로서 노래로 즐기기보다는, 보고 읽고 감상하는 서정시(노래시)가 되었다. 현대시조는 노래시다. 시조는 율격으로 하여 노래성을 강하게 지닐 수밖에 없고, 노래성이 있어야 시조다운 시조다. 노래성은 4음4보격이라는 율격에서도 오지만 시어를 어떻게 운용하는가에 따라 리드미컬하고 격조 있는 언어 미감을 드러낼 수 있다.

　시조의 4음4보격이라는 율격과 의미의 대구와 호응은 조화와 균형의 시학이다. 시조는 첨단과학문명 시대를 살며 각박한 삶에 지친 현대인의 피로감과 정서적 균열과 혼란상을 진정시키고 치유할 수 있는 시학적 효용을 가지고 있다. 유려한 우리말로 구사하는 정갈하고 감동적인 시조 3장이 우리의 정서를 고양하고 상처받은 영혼을 위무할 것이다. 눈으로 읽고 마음으로 읽고 소리 내어 읽으며 시조의 향기와 선율, 그 감동에 당신의 가슴도 촉촉이 젖어들면 좋겠다.

2015년 7월
풀 향기 바람 맑은 저녁에
홍 성 란

시인의 말

1

소풍

여기서 저만치가 인생이다 저만치,

비탈 아래 가는 버스
멀리 환한
복사꽃

꽃 두고
아무렇지 않게 곁에 자는 봉분 하나

황진이 별곡

신은 석양을 그리다 망쳐버렸다

앞뒷산 붓자락에
먹물 반쯤 잠겨 버린

이런 날
이른 별빛도
목메는 설움이다

아니 서러운 건
별도 아닌
눈물도 아닌

시드는 꽃이다
팽팽한 자존이다

처절한 이 포복에도 까딱 않는 님이다

어리석은 봄

행복하게 살자
여기에서 사는 동안

산이
울면
메아리가 응하듯

산수유
가지런히 꽃피운
오르막이
좋으니

가을벌레

풀섶 어디 숨은 벌레 처녀시편 짓고 있다

밤마당에 꼬부려 앉아
보이지 않는 울음 듣는

어쩌면 나도 한 마리
내가 보면 가을벌레

한 이야기 또 하고 한 이야기 또 하고

우두커니 마당가
달빛 보는 어머니

지르르 피 닳는 울음 지르르
거저 듣는 줄 알았네

상처

온전히 나의 뜻으로 바다는 출렁이고

바람에 실린 향기처럼 너는 떠나 버렸다

꽃처럼
떨어진 꽃처럼 빈 씨방으로 울었다

다시 사랑이

사랑이 시작되는 걸 두려워하지 않으리

다시 외로워지는 걸 두려워하지 않으리

외딴섬
지독한 고독만이 어둠 속에 빛이어도

밀어닥치던 사랑이 나를 축복하고 떠나도

하얀 낙화落花 천천히 배경으로 물러나도

사랑이 시작되는 걸
두려워하지
않으리

옷

다시
태어나면
나비가 되어 오리

장신구
내려놓고
누더기 벗어
개켜두고

저 나비
앉았던 자리
가만 올라앉으리

긴 편지

마음에 달린 병 착한 몸이 대신 앓아

뒤척이는 새벽 나는 많이 괴로웠구나

마흔셋
알아내지 못한
내 기호는 무엇일까

생의 칠 할은 험한 데 택하여 에돌아가는 몸

눈물이 따라가며 괜찮아, 괜찮아 하지만

마음은
긴 편지를 쓰고 전하지 못한다

아디오스

받지 않을 전화를 걸어
흐르는 노래 듣는다

구름 가는 테라스 솜털 씨 멀리 흩어서

하늘도
느티나무 가지 사이 오래오래 지나간다

산수유꽃

지리산 산동마을 산수유꽃 천지 보면

울 엄마 열일곱 적 울 아버지 열여덟 적

살짝이
얼음 풀린 냇가 소풍 온 게 보입니다

부끄런 꽃그늘 아래 가만가만 돌아다니는

깜장 치마 하얀 저고리 아직 따뜻한 무명바지

괜스레
물방울이나 튕기는 풋사랑이 보입니다

이제 와서

이제 와서
알게 된 건
변하지 않는 건 없다는 것

변하지 않는 건 없다는 것만이 변하지 않는다는 것

거짓말
사랑한다는 그 불쌍한
거짓말

수수꽃다리 아래서

너의 향기로 하늘 가만 흔들린다

너의 빛깔로 아스팔트도 물이 든다

몸집 다 커버린 나는 무엇으로 흔들리나

하늘 땅 가득 펼쳐 든 한 그루 나무 위에서

햇살에 찡그린 누더기 내다보며

가녀린 참새 목소리 깃발처럼 펄럭이네

2

명자꽃

후회로구나
그냥 널 보내놓고는
후회로구나

명자꽃 혼자 벙글어
촉촉이 젖은 눈

다시는 오지 않을 밤
보내고는
후회로구나

사금砂金

입을 막고 울었다 소리 나지 말라 울었다
저녁 햇빛 쓸쓸해 커튼을 내리고
사람은
때로 혼자서 울 줄 아는 짐승

책갈피 씀바귀 꽃 곱게도 말랐는데
소리 나지 말라 해도 소리 나는 울음 있어
모래 손
흩어버리면 사금처럼 남는 별

들키고 싶은데 아무도 돌아보지 않는
바보들아, 바보들아 우리 버려진 둥성이
가을은
참을성 있게 가을물 또 보낸다

바람 불어 그리운 날

따끈한 찻잔 감싸 쥐고 지금은 비가 와서

부르르 온기에 떨며 그대 여기 없으니

백매화 저 꽃잎 지듯 바람 불고 날이 차다

담색어리표범나비 1

술잔도 5도쯤에서 흔들흔들 웃고 있다

숨결 향기롭게 풀어헤친 하오

희미한 복선을 깔고 슬라이드 돌아간다

바보 같은 꽃들아 긴 모가지 거두어라

취한 듯 앉았다가 그늘 걷듯 가버릴

한 떼의 금빛 무리 속 벌레처럼 누웠구나

가늘고 긴 기울기

왼쪽으로 치우친, 그것은 판단이었다

온몸으로 맞받아쳤을
비바람
여치의
무게

별똥별
긋고 간 금 따라
강아지풀
휘었다

목이 긴 향기는 혼자

또, 강 건너 바라보는
한 사람 있었습니다
재첩 껍질 화석이 된 망초꽃 핀 둑방에서
눈망울
슬픈 사슴처럼 미어지는 가슴 있었습니다

갈대숲 흰 언저리
모래밭은 달려가고
오다가다 빈 배만 꿈길에도 졸고 있어
목이 긴
향기는 혼자 지워지고 있었습니다

오다가다 뱃머리에
오다가다 들꽃 다 지고
늙은 물길 열고 가는 노 젓는 이 보일 때쯤
그 사람
가고 없습니다, 그게 인생이니까

낙뢰

지상에서 맺지 못한
너와 나 만나서

푸른 깃 부딪치며 서러운 밤 포효할 때

불씨들 기립한 천지
찬미하라
이 절정

바람 부는 이유

강아지풀 무리가
흔들리고 있었습니다

강아지풀 무리만이 마구마구 흔들려

바람이
강아지풀 쪽으로 손을 들고 있었습니다

흔들리는 그만큼 세상 흔들어보라고

내가
문간에
가만
기대이듯

바람이 가는 쪽으로 그도 가만
기대이는 것이었습니다

그 새

갠 하늘 그는 가고
새파랗게 떠나버리고

깃 떨군 기슭에 입술 깨무는 산철쭉

아파도
아프다 해도
빈 둥지만 하겠니

가을 숲길 따라가며
― 구룡산 시편

꽃 지듯 물든 잎 지는 가을 숲길 따라가며
아니야, 아니야 고개 저어보았지만
애마의 목 잘라버린 유신庾信의 마음 알게 되고

알게 되고, 내게 비루먹은 조랑말이라도 있다면
채찍 내리치며 달려가고 싶어라
붉은 피 뚝 뚝 흘리는 그 목 받쳐 들고,

애기메꽃

한때 세상은
날 위해 도는 줄 알았지

날 위해 돌돌 감아 오르는 줄 알았지

들길에
쪼그려 앉은 분홍치마 계집애

집

우리 죽을 때까지 만나자 했다 해도

우리 다시는
만나지 않을 수도 있단다

엇갈려 갈 데로 가는 행인처럼 말이지

그 말은
그만큼
내가 네 가슴 복판에

지워지지 않는 상처가 되고 싶단 말이지

약속은
허물기 위해 짓는 집
가끔은
그렇지

3

고슴도치

다 사랑할 거야
다 사랑해 줄 거야

자꾸 결심하는 너는 오늘 괴로웠구나

가슴에 가시 박힌다 해도
널 포옹해 줄 거야

따뜻한 흔적

지우개 없어도 사람은 상처를 지우지
버릴 데 없는 가루들 밀쳐둔 마음 곳간
바람이 떨궈낸 잎새처럼 따뜻하게 익어가지

내 부르지 않아도 창밖에 와 우는 새여
네 작은 발가락 희미한 목소리 아파
이따금 가려운 흔적 따뜻하게 긁어주지

잔잔한 눈길

잔잔한 냉이 꽃이
풀밭 위에 아름다운 건

바람 가는 대로 흔들렸다, 흔들려서가 아니다

날 따라
냉이 꽃무리도 흔들리기 때문이다

편지

― 구룡산 시편

가을 산 앞에 서서 그대를 생각했습니다
빙그르 돌며 떨어지는 붉은 잎이 뭐라 해도
말없이 그대 뒤를 따라 낙엽길 걷고 싶었습니다

산까치는 높은 가지 위에서 짝을 부르고
애벌레는 떼그르 껍질 굴려 숨지만
샛노란 가랑잎에 올려 바위 섶에 넣었습니다

마른 잎 빗소리 내는 산허리 혼자 밟으며
그대가 젖은 내 마음 가만히 떠올려
양지쪽 마른자리에 뉘었으면 생각했습니다

들길 따라서

발길 삐끗, 놓치고 닿는
마음의 벼랑처럼

세상엔 문득 낭떠러지가 숨어 있어

나는 또
얼마나 캄캄한 절벽이었을까, 너에게

그리운 별 혹은 갈망

간성 어디쯤 확 쏟아지는 별들 만나고 싶어
마음속 우러러 너를 보면 너 거기 있는데
없던 강 너와 나 사이 흐린 강이 흐른다

사랑한다는 건 얼마큼의 자유를 버린다는 걸까
누구도 그렇다면 난 사랑하지 않았다
끝없이 나는 자유를 갈망해왔으므로

잠시 빌린 네 마음 이제 돌려주려 하나니
너, 있는 듯 떠나 행복해졌으면 좋겠다
아득히 먼 옛날부터 내 것 아닌 네 마음

잔물결

진달래 피었구나
너랑 보는 진달래

몇 번이나 너랑 같이 피는 꽃 보겠느냐

물떼새
발목 적시러 잔물결 밀려온다

폭풍의 언덕

봄비 한번 제대로 오니 온 산 휘두르는 봄꽃 봄꽃들
그 꽃그늘에 가린 진달래도 살살 타되,
꽃송이 몇 대 못 올리는 건 너나 나나 한 가지

한 섬 눈물 흘리며 황사 지나는 사이
거품 문 생각들 죽어 떠내려가는 사이
창밖엔 봄을 몰고 가는 하얀 바람 보이고

얼마나 많은 꽃들 이 별에선 피고 지는지
얼마나 많은 일들 벌어지는지 알 수 없으니
그렇지, 그럴 수도 있겠지… 못 참거나, 부끄럽거나

두려운 건 아무렇게나 덜컥대는 심장이어서
미안한 건 하다 만 연애나 읽지 않은 책들일까
잘 익은 포도주처럼 깊어 가는 내 저녁

나만

문득 미운 걸 보면 아직 널 사랑하나 봐

잊었다 해놓고선 또 문득 미운 걸 보면

잊었다, 다 잊었다는 내 거짓말을
나만
몰랐네

노간주나무 울타리집

부엌등 낮은 천장 노간주나무 울타리집
혼자 드실 만치 된장찌개 끓고 있네요
아버지 희부연 사진이나 지팡이 삼아 붙들고

하도 고개 숙이고 허리 하도 굽혀서
옛 시처럼 흰머리 날리며 사립문 기대어선
굽은 등
다시 펴기엔
세월 너무 흘렀습니다

뭐 먹을 게 있다고 파리 모기 왱왱거리고
직직거리는 세간도 같이 늙는 친구라서
엄마는 안 아프다고 심심하지
않다고

해우소

어쩌다 너를 적시고 가는 산들바람에

웃음 절로 입가에 번질 때 그때처럼

버릴 것 다 버리고 나니
홀로 환한 천지간

무인拇印

사랑이 시로 변한다는 건, 사랑이 시가 아니라는 건
사랑이 사랑을 아프게 했다는 것
그 아픈 저녁이 홀로 마음 꺼내어 말린다는 것

수요일 흐리다 눈물,
날씨를
적고
원래 섭섭한 거라고 좀 허전한 거라고
종아리 감싸고 물러앉아 돌이 된 사람아

사랑이 시를 쓴다는 건, 사랑이 시를 버리고 싶다는 건

사랑을 깃발처럼 펄럭이고 싶다는 것

그것도 사랑이라고 눈물에 꾹 눌러두는 무인

4

여우비

코끝만 스쳤대도 비는 비, 그대

개울가 마른 언덕 쇠뜨기는 번져서

그 눈길
허전히 머문 자리 훅, 끼치는 살 냄새

그 집

도라지 삼국화 핀 촌집이 좋아 맴돌다가

돌다가 꽃 사진만 잔뜩 담아 왔는데

진정 나
좋아한 건 무얼까, 꽃일까
집일까

널 좋아한 게 아니라 너의 말이 좋았던 거야

널 좋아한 게 아니라 그 꽃자리가 좋았던 거야

그 집을
떠나며 무느며 나는 자꾸
울었네

카톡

다 보려고 하지 말 걸
다 들으려고 하지 말 걸

아낌없이 건너간 마음은 쌓여 벽이 된 걸까

그럴 줄 차마 몰랐으니 서툰
내력을 삭제한다

눈물 훔치고 일어서는 어린 여우처럼

너에게 묻는다 길은 어디로 먼가 하고
꽃 지고 마른 꼬투리 가끔 터지는 산언덕
낭미초 힘 다해 기운 붉은 여뀌 덤불이다

날개 넓어진 나방 가만 붐비는 오후
무엇이 서글퍼 기댈 데 없는 나무에
글썽한 풀잎의 몸짓이나 받아 적고 있는가

오요요, 오요요 저 잔등 엎드려 울다
눈물 훔치고 일어서는 어린 여우처럼
아득한 슬픔의 뿌리 씻어 걸 수 있을까

그러나 하늘 낮고 나는 오래 길들여져
너에게 묻는다 길은 어디로 먼가 하고
말없이 바람 몰려다니고 한두 낱씩 비 떨어진다

춤

얼마만한 축복이었을까
얼마만한 슬픔이었을까

그대 창문 앞
그대 텅 빈 뜨락에

세계를 뒤흔들어 놓고 사라지는
가랑잎
하나

저녁

담배를 배울 걸 그랬다
성냥골 그어 당기게

누가 봐도 일없이 불장난한다 하지 않게

성냥골 확, 그어 당기면
당긴 이유 보이게

즐거운 복사꽃

돌아오지 않으리, 다시 돌아오지 않으리

우줄거리는 섬강 물 위에 뜬 복사꽃잎 맑을 것도 없는 물
결 더불어 웃으며 돌아오지 않으리, 병든 어미 벌판에 버리
고 죽은 아비 땅속에 묻고 어느 기슭에 닿았는지 어디 떠가
는지 아무도 모를 행로 돌아오지 않는다는 오직 하나 즐거
움이여 어제의 꽃잎이여, 흐느끼는 강물 물 위에 뜬 영원의
껍데기, 늑대별이거나 개밥바라기이거나 어느 별에도 닿지
않으리 어미 아비 잊어버리고

나 죽어
아무도 모를 거처, 다시 돌아오지 않으리

따뜻한 슬픔

너를 사랑하고
사랑하는 법을 배웠다

차마, 사랑은 여윈 네 얼굴 바라보다 일어서는 것 묻고
싶은 맘 접어두는 것 말 못하고 돌아서는 것
하필, 동짓밤 빈 가지 사이 어둠별에서 손톱달에서 가슴
저리게 너를 보는 것
문득, 삿갓등 아래 함박눈 오는 밤 창문 활짝 열고 서서
그립다 네가 그립다 눈에게만 고하는 것
끝내, 사랑한다는 말 따위 끝끝내 참아내는 것

숫눈길
따뜻한 슬픔이
딛고 오던
그 저녁

수컷

쇠오리 한 쌍 나란히 가는 데
저만치

수컷 한 마리 딴청부리며 따라붙는데

물 아래
물갈퀴만 부산할까 팽팽한 저
거리距離

또드락 딱딱

누군들 속잎 같은 인연이고 싶지 않겠나

수많은 갈잎 중에 신갈나무 마른 잎새 하필何必 이 한 잎
에 이끌려 오래 같이 걷는다 손장단 맞춘다 어느 먼 옛적
애틋한 이별이었을까 몇 군데 벌레 머물다간 자리 윤나는
잎철 있기나 했는지 생각의 갈래 길이 관다발 손금 위로 바
스락바스락 줄글 읽는 소리 함께 지나간다 소맷자락 달라붙
은 도깨비바늘 뿌리치며 넌들 왜 한 갈피 따뜻한 연분이고
싶지 않겠나

그대는 어느 손에 붙들려, 허虛! 마음가락 좇는가

산책

마당에 나온 개미 한 마리 일생은 얼마일까

다리 밟혀 뒹구는 몸은 얼마나 흘러갈까

가다가 되돌아본 사이
영원히 고여 있다

봄이 오면 산에 들에

단비 한번 왔는갑다 활딱 벗고 뛰쳐나온 저년들 봐, 저년들
봐 민가에 살림 차린 개나리 왕벚꽃은 사람 닮아 와자한데

노루귀 섬노루귀 어미 곁에 새끼노루귀, 얼레지 흰얼레지
깽깽이풀에 복수초, 할미꽃 노랑할미꽃 가는귀먹은 가는잎
할미꽃, 우리 그이는 솔붓꽃 내 각시는 각시붓꽃, 물렀거라
왜미나리아재비 살짝 들린 처녀치마, 하늘에도 땅채송화 구
수하니 각시둥굴레, 생쥐 잡아 괭이눈 도망쳐라 털괭이눈,
싫어도 동의나물 낯 두꺼운 윤판나물, 허허실실 미치광이
달큰해도 좀씀바귀, 모두 모아 모데미풀 한계령에 한계령
풀, 기운 내게 물솜방망이 삼태기에 삼지구엽초, 바람둥이
변산바람꽃 은밀하니 조개나물, 봉긋한 들꽃 산꽃 두 팔 가
린 저 젖망울

간지러, 봄바람 간지러 홀아비꽃대 남실댄다

5

쌍계사 가는 길

날
두고
만장일치의 봄 와버렸네

풍진風塵처럼 벌 떼처럼 허락도 없이 왔다 가네

꽃 지네
바람 불면 속수무책 데인 가슴 밟고 가네

분꽃 핀 옛집 흘러가고

머물고 싶은 데 있던
그런 때가 있었어

아무렇지 않게 분꽃 핀 옛집 내려다보고

나는 또
아무렇지 않게 흘러가고 있잖아

애인 있어요

노래자랑에 입상하신 여든한 살 할머니가 분홍 셔츠에
흰 바지 차려입고 이은미의 <애인 있어요>를 다소곳 환히
부르네

숨은 턱에 찼으나 손 모아 파르르 입술 모아 애인 있어요,
말 못한 애인 있다니 여든넷 어머니 그늘 겹쳐 오네 새치
뽑던 파마머리 젖가슴 뭉클 잡히던 얼굴 연하고질煙霞痼疾이
여, 희미한 내 노래여
나도 애인 있어요, 춘천 어디 산비탈 가지마다 매어 두신
실오리, 실오리 스쳐 돈담무심頓淡無心 내려온 데 목메도록
애인 있어요 천석고황泉石膏肓이여, 희미한 내 노래여 골도
좋아 물 시린 집, 다시 못 올 흔들의자에 내가 버린 애인 있
어요

나 날 적 궁전이었으나 내가 버린 폐가廢家 있어요

쓸쓸한 시간, 소서노*
─ 백제왕조실록

그래, 우리 누구도 뜻 모를 심연에서 나
뜻 모를 심연으로 사라지는 거라 하지만
그 사이 빛나는 시간이 우리 흔적이라 하지만

빛나는 시간도 때로 먹물로 번져오는 것
날 세워 아내를 버리고 아들을 버린 주몽처럼
모랫길 대방 옛 땅으로 쓸려 쓸려 간 아낙

졸본땅 떠난 물결 물결이 계루부 슬픔이라면
너와 나는 모른다 온조의 모후가 누구인지
왕이여, 어미를 베고 맏형을 지운 왕이여

가령, 너와 내가 한이라 일러 말할 때
머리 풀어 투구 쓰고 쩔렁이는 갑옷 떨쳐입은
소서노, 베인 살에 박힌 살촉이라 말할 때

오오, 지아비에게 버림받은 어둠이리
품어 안을 수 없는 어미의 눈물이리
장검에 가라말 갈기 흩날려 호령하던 모후여

*) 계루부 족장의 과부딸 소서노는 비류와 온조의 어머니로, 동
  부여에서 피신해 온 주몽과 재혼한다. 졸본부여 왕이 죽자,
  계루부 세력에 힘입어 왕이 된 주몽은 고구려를 세우지만,
  동부여에서 예씨와 낳은 유리를 태자로 삼는다. 주몽의 배반
  으로 망명한 소서노는 졸본땅을 회복하기 위해 온조를 시켜
  마한에 터를 잡게 한다. 세력을 확장한 온조가 모후와 비류
  를 받아들이지 않자 남장을 한 소서노가 부하를 이끌고 쳐들
  어가나 전사한다.

조세잡가租稅雜歌

‘일신一身이 사자호니 물것 계워 못 살니로다’

가랑니 같은 면허세 등록세 수퉁니 같은 취득세 교통세
티코에도 자동차세 갓 깬 이 같은 주민세 재산세, 잔 벼룩
굵은 벼룩 양도세 증여세 상속세 끊지 못해 담배소비세 유
리지갑에 갑근세, 쥐 씨알만한 원고료에 에누리 없는 소득
세 빈대 붙듯 달라붙는 인지세 부가세 특소세 투성이, 투성
이 세금투성이로다―, 각다귀 사마귀 등에 아비 철썩 붙은
전화세 주세 뭔 거래세? 흰 바퀴 누런 바퀴 바구미 거저리
살찐 모기 야윈 모기 모질도다, 모질도다 밤낮으로 빈틈없
이 물거니 쏘거니 빨거니 뜯거니 “이내 몸은 깽비리 사자
호니 어려워라” 관세 탈세 면세 과세 허세 실세 내세 마세
노세 먹세 속세 만세!

그중에 차마 못 견딜 건 물고 튄 놈, 나밖에 모른다던 놈
간 벼룩 님 벼룩 아니신가

악!

풀잎은 풀잎끼리 오늘도 사랑한다 입술은 입술끼리 밤새
워 사랑한다 또 하루 거짓말같이 해가 지고 달이 뜬다
　사랑이 이다지도 슬픈 줄 몰랐노라 밤낮없이 사랑한다
익숙한 체위로 또 하루 거짓말 같은 우리 인생 흘러간다

세월론歲月論

세월은 흐르는 게 아니라 쌓이는 것이라지

세월이 그저 물같이 흐르기만 한다면 무엇이 개구리밥
못 떠나는 우포늪 칠흑같이 두려우랴 무엇이 희미해진 연인
의 눈빛같이 그리우랴 서러움이 되거나 그리움이 되거나 바
람 부는 가슴에 한 켜씩 내려앉아 혼자 아문 상처가 되고
오오 저기 저 봄날 터지는 갈래꽃 무늬가 되는 것을

슬픔도 아문 자리엔 손금 같은 길을 낸다

금낭화

양재역 개찰구를 나온 꼬부랑 할매 둘이 천길 계단 올려
다보며 입을 떡 벌리고 있다

이쪽으로 가시면 엘리베이터 있어요 오른쪽 가리키고는
총총걸음에 올라와 보니 양산 곱게 쓰신 두 할매가 비탈길
을 내려간다 이제 가시네요 아이구 또 만났네 젊은이 복 받
을껴 암만 암만

금낭화 염치없이 살짝 주머니를 열었다

비눗방울
— 다비장에서

그 집이 불탔다고 잿더미라고 울지 마라

울지 마라 천 년 전 불어 올린 비눗방울이 오늘 터져버렸
다고 슬퍼 마라 석불石佛도 비바람에 시나브로 하나밖에 없
는 제 몸 지워버리고 천 년 전 비눗방울로 돌아가지 않느냐
각자도생各自圖生 터지기 위해 천 년을 기다려온 비눗방울
불타오르기 위해 천 년을 기다려온 집
  왼손잡이 너도 하나밖에 없는 왼쪽 팔꿈치가 삼동三冬을
넘어 아프지 않느냐 아프다가는 못 쓰는 왼팔을 받아들이고
받아들인 일조차 잊어버리고 시나브로 대롱 끝에 매달린 몸
을 가만 내빼다 터져버리는 비눗방울 아니겠느냐

누구도 봉합할 수 없는 무지갯빛 즐거움

뮤즈의 노래

강가에서 헤매노라 백수광부의 아내처럼

무더기 흩어 앉은 돌에도 마음이 있어 눈발은 점점 굵어
지고, 어떤 돌은 먼저 온 돌에 앉기도 하고 어떤 돌은 돌팔
매에 뚝 떨어져 앉기도 하니, 어떤 돌은 미끄러지다 앉고 어
떤 돌은 돌에 닿아 깨어져나가기도 하니 목메어, 목이 메어

겨울 강 돌밭에서 헤매노라 울지 못해 우노라

힘줄
— 그리운 아버지께

가슴 단추 여미는 세찬 바람 부는 날

아버지, 나무가 자라는 게 아니라 산이 자란다는 걸 산에
와서 알았어요 산이 나무를 지키는 게 아니라 어버이나무
산을 지킨다는 걸 산길 가며 알았어요
매운 손 어버이뿌리 걸음마 놓는 대로 어린 산은 꽃뱀 같
은 산허리 길을 내고 뾰족한 성깔 깎아내고
메마른 뺨 어버이뿌리 흙모래 마음 바윗돌 마음 단단히
도 붙잡아 벼랑 아래 구르지 않고 센바람에 흔들리지 않고
나이 들어왔다는 걸 나는 이제 알았어요
뭇 새들 감싸는 가지 어버이 벌린 두 팔 못나게도 닮아왔
다는 걸 이제 나는 알았어요

불거진 아버지 심줄 같아 늙은 뿌리 밟지 못해요

가느단 마음

누가 허락했을까 오늘 이 하루

햇살 아래 팔 벌려 고개 젖히면 따스한 손바닥 이마를 짚
으며 열이 좀 있다고 너무 달뜨지 말라고 너스레 떠는 하늘
좀 보아, 바스라지는 화살나무 산딸나무 붉은 이파리 가지
에서 가지로 옮겨 앉는 텃새들 콩알만 한 심장을 좀 보아,
누가 허락했을까 오늘 이 움직거리는 풍경, 움직거리는 풍
경을 따라 눈물 어룽이는 석양을 따라

그림자 늘이며 가는 가느단 마음을 좀 보아

1958년 충남 부여군 충화면 가화리에서 부친 남양홍씨南陽
洪氏 인표仁杓와 모친 청송심씨青松沈氏 계순桂順의 5
남매 중 4녀로 출생.

1989년 10월 15일 제9회 중앙시조백일장 장원으로 등단
(경복궁 근정전).

1995년 12월 21일 제14회 중앙시조대상 신인상 수상(수상
작 연시조「담색어리표범나비1」).

1997년 8월 28일 제5회 대산문화재단 창작기금 받음.

1998년 첫 시조집『황진이 별곡』(삶과꿈) 발행.

2000년 현대시조100인선『겨울약속』(태학사) 발행.

2002년 봄학기부터 2012년까지 한국방송통신대학교 출강.

2003년 8월 9일 제1회 유심작품상 수상(수상작 단시조「애
기메꽃」, 사설시조「11월의 붓자국」)
시조집『따뜻한 슬픔』(책만드는집) 발행(한국문화
예술위원회 창작기금 받음).
성균문학상 우수상 수상(수상작품집『따뜻한 슬픔』)

2004년『중앙시조대상 수상 작품집』(책만드는집) 발행.

2005년 2월 성균관대학교 대학원 국문과 졸업.(문학박사 학위
논문「시조의 형식실험과 현대성의 모색 양상 연구」).
<홍성란의 시조교실> 개원(교총회관).
시조집『바람 불어 그리운 날』(태학사) 발행(한국
문화예술위원회 창작기금 받음).

12월 21일 제24회 중앙시조대상 수상(수상작 단시조 「바람 불어 그리운 날」).

2006년 중앙일보 <홍성란과 함께 읽는 명사들의 시조> 1월부터 11월 월간 연재.
<홍성란의 시조아카데미> 개원(신세계백화점 본점 문화센터).
봄학기부터 2013년까지 성균관대학교 초빙교수.
『내가 좋아하는 현대시조 100선』(책만드는집) 발행.

2007년 불교신문 <홍성란의 현대시조감상> 2009년까지 2년 주간 연재.
제12회 현대불교문학상 수상(수상작 단시조 「명자꽃」 만해마을에 빗돌로 서다).
제1회 연변 한중민족시포럼 발제 <현대시조의 형식실험 양상과 그 의미>.

2008년 4월 17일 밀양아리랑대축제 전국한글백일장 심사.
8월 23일 만해문학아카데미 초청 문학강연.
제40회 대한민국문화예술상 문학부문 수상.

2009년 3월 서울 강남구 신사동 시전문 월간지 ≪유심≫ 부설 <유심시조아카데미> 개원.
시조선집 『명자꽃』(서정시학) 발행.
현대시조감상에세이 『백팔번뇌―하늘의 소리, 땅의 소리』(아름다운인연) 발행(한국문화예술위원회 우수문학도서 선정).
5월 15일~16일 하버드대학교 한국학연구소 초청 톰슨홀 시조낭송.

7월 17일 서울문화재단 후원 경동고등학교 낭송강연 <시조란 무엇인가>.
제23회 이영도시조문학상 수상(수상작 연시조 「지워지지 않는 노래」).
만해축전 시조학술세미나 주최 및 발제(2009년부터 2015년 현재).
불교신문 신춘문예 2010 시(시조)부문 심사.

2010년 8월 29일 유심시조아카데미 <어린이와 교사를 위한 시조 공개강좌>.
10월 6일 유심시조아카데미 가을낭송회 주관.
11월 18일 CEO초청 송암스페이스센터 시조낭송 사회.

2012년 시조교육전문지 ≪유심시조아카데미≫ 창간호 발행.
시조선집 『백여덟 송이 애기메꽃』(인북스) 발행.
5월 24일 진주 초등교사 직무연수 낭송강연 <단시조, 우리시대의 극서정시>.
7월 2일 서울 경수초등학교 직무연수 낭송강연 <시조교육, 어떻게 할 것인가>.
9월 11일 경주 제78차 국제PEN대회 문학포럼 프리젠테이션 낭송강연 <한국의 전통시, 시조란 무엇인가>.
10월 제5회 충남시인협회상 작품상 수상(수상 작품집 『백여덟 송이 애기메꽃』)
10월 25일 유심시조아카데미 가을낭송회 주관.
11월 24일 제6회 충남시인협회 작품상 수상(수상 작품집 『백여덟 송이 애기메꽃』).

12월 1일 용인약천예술제 초청 시조낭송.

2013년 1월 19일 유심시조아카데미 시조창작과 낭송 교수
법 공개강좌.
시조교육전문지 ≪유심시조아카데미≫ 2013 발행.
시조집 『춤』(문학수첩) 발행.
4월 20일 유심 북콘서트 주관(이우걸 신작시집 『주
민등록증』).
5월 23일 광화문 교보문고 작가회의 초청 <목요
낭독공감> 홍성란 낭송강연.
한국대표명시선100 『애인 있어요』(시인생각) 발행.
7월 27일 제14회 마산 가고파문학축제 초청 낭송
강연 <우리시대 시의 길, 극서정시의 모델>.
9월 30일 대법원장 공관 초청 시조낭송 주관.
10월 17일 한영중학교 초청 낭송강연 <시조란 무
엇인가>.
EBS 책읽어주는 라디오 생방송 시콘서트 홍성란의
「춤」 초대 낭송대담.
11월 6일 CEO초청 두인갤러리 시조낭송 사회.
11월 7일 원주교도소, 영월교도소 낭송강연.
동아일보 2014 신춘문예 시조부문 심사.
강원일보 2014 신춘문예 시(시조)부문 심사.

2014년 공저(이지엽 홍성란), 『세계인이 놀라는 한국의 시』
(고요아침) 발행.
2월 22일 제4회 한국시조대상 수상(수상작 단시조
「춤」, 사설시조 「상강 무렵」).

6월 통영문학상 2014 시조부문 심사.
만해축전 만해마을 북카페 시조낭송콘서트 주관.
9월 29일 조선일보·문화체육관광부·한국문인협회·한국연극협회 주최 <책, 세상을 열다> 홍성란 시조집『춤』낭독회 주관.
9월 29일 동국대학교 문화예술대학원 초청 낭송강연.
10월 25일 덕수포럼 초청 롯데호텔 잠실 낭송강연.
11월 14일 초대시인 홍성란 편 <국어교과서 아름다운 시노래>
<신재창과 함께하는 봄봄 문학콘서트> 낭송대담.
강원일보 2015 신춘문예 시(시조)부문 심사.

2015년 3월 20일 UC Berkeley, David Brower Center 버클리 한국학센터와 동아시아학연구소 초청 <설악 무산 그리고 영혼의 울림> 시조낭송.
만해축전 시조학술세미나 발제 및 주관(2009년~현재)

〖한국대표명시선100〗을 펴내며

　한국 현대시 100년의 금자탑은 장엄하다. 오랜 역사와 더불어 꽃피워온 얼·말·글의 새벽을 열었고 외세의 침략으로 역경과 수난 속에서도 모국어의 활화산은 더욱 불길을 뿜어 세계문학 속에 한국시의 참모습을 드러내게 되었다.

　이 나라는 글의 나라였고 이 겨레는 시의 겨레였다. 글로 사직을 지키고 시로 살림하며 노래로 산과 물을 감싸왔다. 오늘 높아져 가는 겨레의 위상과 자존의 바탕에도 모국어의 위대한 용암이 들끓고 있음이다.

　이제 우리는 이 땅의 시인들이 척박한 시대를 피땀으로 경작해온 풍성한 시의 수확을 먼 미래의 자손들에게까지 누리고 살 양식으로 공급하는 곳간을 여는 일에 나서야 할 때임을 깨닫고 서두르는 것이다.

　일찍이 만해는 「님의 침묵」으로 빼앗긴 나라를 되찾고 잃어가는 민족정신을 일으켜 세우는 밑거름으로 삼았으며 그 기름의 뜻은 높은 뫼로 솟아오르고 너른 바다로 뻗어나가고 있다.

　만해가 시를 최초로 활자화한 것은 옥중시 「무궁화를 심고자」(≪개벽≫ 27호 1922.9)였다. 만해사상실천선양회는 그 아흔 돌을 맞아 만해의 시정신을 기리는 일의 하나로 '한국대표명시선100'을 펴내게 된 것이다.

　이로써 시인들은 더욱 붓을 가다듬어 후세에 길이 남을 명편들을 낳는 일에 나서게 될 것이고, 이 겨레는 이 크나큰 모국어의 축복을 길이 가슴에 새겨나갈 것이다.

만해사상실천선양회

한국대표명시선100 | 홍 성 란

애인 있어요

1판1쇄 발행 2013년 7월 5일
2판1쇄 발행 2015년 7월 9일

지 은 이 홍 성 란
뽑 은 이 만해사상실천선양회
펴 낸 이 이 창 섭
펴 낸 곳 시인생각
등 록 번 호 제2012-000007호(2012.7.6)
주   소 경기도 양평군 옥천면 고읍로 164
          ㉾476-832
전   화 (031)955-4961
팩   스 (031)955-4960
홈 페 이 지 http://www.dhmunhak.com
이 메 일 lkb4000@hanmail.net

값 6,000원

ⓒ 홍성란, 2013

ISBN 978-89-98047-55-9 03810

※ 이 책은 만해사상실천선양회의 지원으로 간행되었습니다.